POR ISSO NÃO PROVOQUE

Paulo Tadeu

POR ISSO NÃO PROVOQUE

Piadas só para mulheres

MATRIX

Direitos em língua portuguesa para o Brasil:
Matrix Editora - Tel. (11) 3873-2062
atendimento@matrixeditora.com.br
www.matrixeditora.com.br

Capa:
Fernanda Kalckmann
Marcela Nascimento Meggiolaro

Diagramação:
Fernanda Kalckmann

Revisão:
Rafael Faber Fernandes
Adriana Parra

Dados Internacionais de Catalogação na Publicação (CIP)
SINDICATO NACIONAL DOS EDITORES DE LIVROS, RJ.

Tadeu, Paulo, 1964-
Por isso não provoque : piadas só para mulheres / Paulo Tadeu.
- São Paulo : Matrix, 2010.

1. Anedotas. 2. Humorismo brasileiro. I. Título.

10-0926. CDD: 869.97
CDU: 821.134.3(81)-7

Para Elisa (edição em português)

Pour Elise (edição em francês,
vendida no caminhão de gás)

A mulher vai buscar o resultado de uns exames do marido no hospital e a doutora alerta:
– Seu marido está com cirrose, gastrite, tuberculose e pneumonia. A senhora não acha que ele anda bebendo demais?
– Ai, nem me fale, doutora! Aquele homem só pensa em beber, beber, beber!
– Mas isso tem solução! – consola a médica. – Sabia que meu ex-marido era igualzinho?
– Não me diga!
– Digo sim! – continua ela. – Ele tinha um teor altíssimo de álcool no sangue. Mas eu descobri que o maior problema dele era falta de fósforo!
– Que interessante! – exclama a mulher. – Então a senhora usou vitaminas para curá-lo?
– Não! Eu só risquei um fósforo perto dele!

Aquela executiva, líder e dominadora, chegou em casa exausta e flagrou o marido na cama com outra mulher.
Não conseguindo conter a raiva, ela pegou uma arma e arrastou o marido até a garagem. Chegando lá, prendeu o pênis dele numa morsa, apertou até ficar bem preso e retirou a alavanca. Em seguida, ela foi até o armário de ferramentas, pegou um serrote e o colocou sobre a bancada. Desesperado, o marido gritou:
– Querida, você não vai cortar ele, vai?
– Claro que não! – respondeu a mulher. – Você é quem vai fazer isso! Eu só vou botar fogo na garagem!

Homem é igual a pão de fôrma: chato, quadrado, casca dura e fácil de dobrar.

– Muito bem – gritou São Pedro –, vamos organizar duas filas. Homens que sempre dominaram as mulheres, façam fila do lado esquerdo. Os que sempre foram dominados por suas mulheres, façam fila à direita.

Depois de muita confusão, eles se organizaram. A fila dos homens que eram dominados por suas mulheres tinha mais de cem quilômetros e a daqueles que dominavam as mulheres tinha só um cara.

São Pedro exclama:

– Vocês deveriam ter vergonha! Deus criou vocês à Sua imagem e semelhança e vocês se deixaram dominar por suas mulheres. Apenas um de vocês honrou o nome e deixou Deus orgulhoso de Sua criação. Aprendam com ele!

Virando-se para o homem solitário, São Pedro diz:

– Conte-nos como você fez para ser o único nessa fila.

E o homem, timidamente, respondeu:

– Eu não sei, foi minha mulher quem me mandou ficar aqui.

Minha esposa e eu estávamos sentados a uma mesa na minha reunião dos ex-alunos do colegial, e eu fiquei olhando para uma moça bêbada, sozinha, que segurava seu drinque, numa mesa próxima. Minha esposa perguntou:

– Você a conhece?

– Sim – disse eu. – É uma antiga namorada minha... sei que ela começou a beber logo depois que nos separamos, há muitos anos, e, pelo que sei, ela nunca mais ficou sóbria.

– Meu Deus! – disse minha esposa. – Quem pensaria que alguém poderia ficar celebrando por tanto tempo?

Ao me aposentar, fui até o INSS para receber meu benefício. A mulher que me atendeu pediu meu RG para confirmar minha idade. Olhei meus bolsos e percebi que tinha deixado a identidade em casa. A mulher disse que lamentava, pois não poderia liberar o benefício sem o documento. Então, sem mais nem menos, ela disse:
– Desabotoe sua camisa.
Desabotoei, deixando expostos meus cabelos crespos e prateados. Ela disse:
– Esse cabelo prateado no seu peito é prova suficiente para mim – e processou meu benefício.
Quando cheguei em casa, contei à minha esposa, entusiasmado, o que tinha acontecido. Ela perguntou:
– Por que você não abaixou as calças? Assim, você poderia ter conseguido auxílio-invalidez também!

Um homem muito tímido estava cansado de ser mandado por sua esposa. Foi quando ele decidiu consultar um profissional. O psiquiatra disse que ele precisava construir sua autoestima. Então, deu a ele um livro sobre autoconfiança. O homem leu o livro no caminho de casa e terminou quando estava chegando. Ao entrar em casa, foi direto até a mulher e apontou o dedo para a cara dela, dizendo:

– De agora em diante quero que você saiba que EU sou o homem desta casa e a minha palavra será lei!!!
E continuou:
– Quero que você prepare uma refeição dos deuses hoje à noite e, quando eu terminar de comer, espero uma sobremesa divina. Depois do jantar você vai me preparar um banho, pois assim poderei relaxar. E, quando eu terminar o banho, adivinhe quem irá me vestir e me pentear!
– O homem da funerária – respondeu a esposa.

Um cara sofre um terrível acidente e seu pênis é dilacerado. O médico assegura-lhe que a medicina moderna pode implantar o membro de volta, mas o plano de saúde não cobrirá a cirurgia, pois ela é considerada meramente estética e, então, informa os preços ao paciente:
– Tamanho pequeno: R$ 35.000,00; tamanho médio: R$ 65.000,0; e tamanho grande: R$ 90.000,00.
O homem imediatamente aceita e fica em dúvida se implantará um médio ou um grande. O médico, então, o aconselha a conversar com a esposa antes de tomar qualquer decisão.
O homem telefona para a mulher e lhe explica a situação.
Voltando à sala, o médico encontra o paciente deprimido e lhe pergunta:
– E então, o que você e sua esposa resolveram?
O cara responde:
– Ela prefere reformar a cozinha...

Se homem fosse dinheiro, todas as notas seriam falsas.

Após um longo período de doença, a mulher morre e chega aos portões do Céu. Enquanto aguardava São Pedro, ela espiou pelas grades e viu seus pais, amigos e todos aqueles que haviam partido antes dela, sentados à mesa e apreciando um maravilhoso banquete. Quando São Pedro chegou, ela comentou:

– Que lugar lindo! Como faço para entrar?

– Eu vou dizer uma palavra e, se você soletrá-la corretamente na primeira tentativa, você entra; se errar, vai direto para o inferno.

Ela respondeu:

– Tá, qual é a palavra?

– AMOR.

Ela soletrou corretamente e passou pelos portões. Cerca de um ano depois, São Pedro pediu que ela vigiasse os portões naquele dia. Para surpresa dela, seu marido apareceu.

– Oi! Que surpresa! – disse ela. – Como você está?

– Ah, eu tenho estado muito bem desde que você morreu! Casei-me com aquela bela enfermeira que cuidou de você, ganhei na loteria e fiquei milionário. Vendi a casa onde vivíamos e comprei uma mansão. Eu e minha esposa viajamos por todo o mundo. Estávamos de férias e hoje fui esquiar. Caí, o esqui bateu na minha cabeça e cá estou eu. Como faço para entrar, querida?

– Eu vou dizer uma palavra e, se você soletrá-la corretamente na primeira tentativa, você entra; se errar, vai direto para o inferno.

– Tá, qual é a palavra?

– ARNOLD SCHWARZENEGGER.

Se você quer que algo seja dito, peça a um homem.
Se quer que algo seja feito, peça a uma mulher.

A mulher foi consultar um pai de santo para ver se conseguia desfazer uma praga que lhe fora rogada havia quarenta anos. O pai de santo diz:
– Tudo bem, fia, mas eu preciso saber quais as palavras exatas que foram usadas na praga.
A mulher responde sem hesitar:
– "Eu vos declaro marido e mulher"!

A mulher acorda cedo, em plena lua de mel:
– Querido, você faz o café? Ou também não sabe?

Ao chegar mais cedo em casa, o marido encontra a mulher nua na cama, prostrada, respirando de forma ofegante, e pergunta, preocupado:
– O que houve, querida? Você não está passando bem?
– Acho que é um ataque do coração... – respondeu ela.
Ao ouvir isso, o marido corre feito um louco para o telefone para chamar um médico. Enquanto tentava discar, o filho chega e diz:
– Paiê, tem um homem pelado no banheiro.
O cara vai até o banheiro, abre a porta e dá de cara com seu melhor amigo. E fala, indignado:
– Pelo amor de Deus, Ricardo! Minha mulher está tendo um enfarte e você fica por aí assustando as crianças?!

O homem estava fritando um ovo, tranquilo, quando a mulher chegou e começou a gritar:
– Cuidado! Cuidado! Joga mais óleo!
Antes que ele esboçasse qualquer reação, ela continuou:
– Vai grudar no fundo! Cuidado! Vira, vira, vira!
O homem começou a ficar nervoso, mas ela continuou:
– Olha o cabo da panela! Meu Deus! O sal! O sal!
Então, ele protestou:
– Escuta aqui! Por acaso você acha que eu não sei fritar um ovo?
– Eu sei que você sabe, querido!! Só quero que você saiba como eu me sinto quando dirijo e você está do meu lado!

– Oi, Rosana, você está doente? Tô perguntando porque vi sair um médico da sua casa essa manhã...
– Olha, minha querida, ontem eu vi um militar sair da sua e nem por isso você está em guerra, não é verdade?

Fácil: diz-se da mulher que tem a moral sexual de um homem.

Uma moça passeava às margens de um lago quando, de repente, apareceu um sapo dizendo:
– Eu sou um bancário e fui transformado em um sapo por uma bruxa malvada. Se você me beijar eu me transformo, caso com você e seremos felizes para sempre!
A mocinha, toda contente, pegou o sapo, mas apenas o colocou no bolso da jaqueta.
Enquanto ela ia caminhando para casa, o sapo começou a ficar impaciente e perguntou:
– Ei, você não vai me beijar?
Ela respondeu:
– De jeito nenhum! Terei mais dinheiro com um sapo falante do que com um marido bancário.

Gritos ecoam do quarto. O marido entra correndo e acende a luz.
Ele vê um cara pulando para fora da janela.
A mulher grita:
– Aquele cara me fodeu duas vezes!
Ele pergunta:
– Duas? E por que você não gritou logo na primeira vez?
Ela responde:
– Porque eu pensei que fosse você... até que ele começou a dar a segunda.

O chefe de um departamento, sentindo que seus subordinados não respeitavam sua liderança, resolveu colocar uma placa

na porta de seu escritório, na qual se lia: "Aqui quem manda sou eu".
Após ter voltado de uma reunião, viu o seguinte bilhete pregado junto à placa:
"Chefe, sua esposa ligou e pediu para o senhor devolver a placa".

- Querida, o que você prefere? Um homem bonito ou inteligente?
- Nem um nem outro. Você sabe que eu só gosto de você.

Três amigos encontram uma lâmpada, da qual sai um gênio que lhes diz:
- Sou um gênio expresso, posso lhes conceder um desejo, mas apenas um. O que querem?
O primeiro pede:
- Eu quero ser imensamente rico.
- Muito bem, vá ao banco, verifique seu saldo e verás.
O segundo pede:
- Eu quero parecer um galã de cinema.
- Pois bem, vá até sua casa e olhe-se no espelho.
O terceiro pede:
- Eu quero ser tremendamente inteligente.
O gênio lhe pergunta:
- Não se importa de menstruar todo mês?

99% dos homens dão má reputação ao resto.

Estava num clima meio ruim com o maridão e resolvi fazer uma surpresa. Comprei 250 velas de tamanhos diferentes, dez dúzias de rosas vermelhas, espumante, queijos e frutas e decorei toda a casa.
Nosso quarto fica no segundo andar e eu fiz um caminho de velas desde a porta de entrada até o quarto... As escadas iluminadas, tudo lindo!!!
Chamei um casal de amigos para acender as 250 velas antes de chegarmos em casa.
A cama estava coberta de pétalas de flores... Arranjos maravilhosos de antúrios (as flores que usamos no nosso casamento), além do espumante no gelo e as frutas e queijos que completavam o clima do quarto. Guardamos o carro na garagem e pedi ao meu marido que fosse na frente, que eu já estava saindo do carro.
Enquanto ele abria a porta, tratei de tirar o vestido.
Fiquei só de lingerie e cinta-liga. Imagine a cena...
Quando meu maridão abriu a porta, desci do carro. Seminua, claro!
Quando olhei a cara do meu marido, percebi que ele estava branco.
Virou pra mim, sem perceber meu modelito, e gritou:
– A casa tá pegando fogo!!
Eu, calmamente, disse para ele olhar novamente. Fiz até uma cara sexy para dizer isso...
Ele abriu a porta mais uma vez e gritou, mais branco ainda:
– Puta que pariu!! Não é incêndio!!! É macumba!!!

– Diga-me, por que motivo você quer se divorciar do seu marido?
– Por que ele me trata como se eu fosse uma cadela!
– Ele a maltrata? Bate em você?
– Não, quer que eu seja fiel!

A mulher diz ao amante, apavorada:
– Meu marido está chegando!
– E agora, o que eu faço?
– Pule pela janela!
– Mas nós estamos no 13º andar!
– Agora não é hora para superstições!

Num dia de muito calor, o marido sai do banho pelado, chega para a esposa e diz:
– Meu bem, está muito quente... O que você acha que os vizinhos vão dizer se eu for cortar a grama assim, completamente nu?
A mulher olha pra ele e responde:
– Provavelmente, que eu casei com você só por dinheiro...

Marido é como menstruação: quando chega, incomoda; quando atrasa, preocupa.

A rica anciã de 82 anos está feliz por casar com um rapaz de 28. Ao consultar seu médico, ele aconselha:
– Cuidado, minha senhora. Fazer sexo por muito tempo com seu parceiro pode ser fatal.
Ela responde:
– Bem, se ele morrer, morreu, né? Fazer o quê?

Duas mulheres se encontram no supermercado. Elas batem papo sobre um monte de coisas – casa, filhos, tratamentos de beleza –, até que uma pergunta à outra sobre o marido:
– Ah, você não sabe, uma coisa muito triste aconteceu. Alberto morreu semana passada. Ele estava no quintal pegando uns tomates em nossa horta, sofreu um ataque cardíaco fulminante e caiu morto, ali mesmo, em cima dos tomates.
– Meu Deus, que coisa horrível. E o que você fez?
– Bem, vim aqui comprar uns tomates.

Na lua de mel, um tanto quanto decepcionado pelo fato de sua jovem esposa não ser mais virgem, o sujeito pergunta:
– Com quantos homens você já foi para a cama?
Ela fica em silêncio.
– Tudo bem, Laura! Pode dizer, vou tentar entender!
Ela continua calada e ele perde a paciência:
– Pô, Laura! Quer fazer o favor de me dizer com quantos homens você já transou?
– Calma! Estou contando!

Homem é igual a pipoca: enche o saco,
mas a gente vive comendo.

Saindo do supermercado, uma mulher se depara com uma inusitada procissão de funeral. Achou aquilo muito estranho e parou para olhar.

Primeiro, vinha um caixão preto. Depois, um segundo caixão preto. Em seguida, uma mulher sozinha, levando um doberman na coleira. Finalmente, atrás dela, uma longa fila indiana só de mulheres. Não contendo a curiosidade, ela se aproxima da mulher com o cachorro e diz, baixinho:

– Meus sentimentos por sua perda... Eu sei que o momento não é apropriado, mas nunca vi um enterro assim! A senhora poderia me dizer quem faleceu?

– Bem... No primeiro caixão está meu marido.

– Puxa! Sinto muitíssimo! O que aconteceu com ele?

– Meu cachorro... Ele o atacou...

– Nossa, que tragédia! E quem está no segundo caixão?

– Minha sogra... Ela tentou salvar o filho...

Fez-se um silêncio consternado. As duas olham-se nos olhos.

– Me empresta o cachorro?

– Entra na fila!

O que uma mulher nunca deve dar para o namorado?

– Café no copo de plástico.

Por quê?

– Ele corre o risco de ficar duplamente impotente, queimando os dedos e a língua.

O marido reclama para a mulher:
– Amor, por que você não me avisa quando goza?
– Porque você nunca está por perto.

O marido fez uma série de exames de saúde, mas não pôde ir buscar os resultados. Então, ele pediu que sua mulher fosse. Ao vê-la, o doutor abre o jogo:
– Minha senhora, a situação do seu marido é preocupante. A senhora vai precisar servir a ele, todos os dias, um café da manhã bem reforçado e nutritivo, além de manter a casa em perfeitas condições de higiene, evitar que ele veja jogos de futebol e que ele beba qualquer gota de álcool. Se ele não seguir essas recomendações, não viverá mais do que seis meses.
A esposa escuta com atenção e vai para casa. Ao chegar lá, o marido pergunta, curioso:
– E aí, o que o médico disse?
– Que você vai morrer.

Uma mulher foi levada às pressas para a UTI de um hospital. Lá chegando, entrou em coma. Horas depois, encontrou-se com Deus:
– O que é isso? – perguntou ela ao Criador. – Eu morri?
– Não; pelos meus cálculos, você morrerá daqui a 43 anos, 8 meses, 9 dias e 16 horas – respondeu o Eterno.
Ao voltar a si, refletindo sobre quanto tempo ainda tinha de vida,

resolveu ficar ali mesmo no hospital e fazer uma lipoaspiração, uma plástica nos seios, no rosto, na barriga, correção no nariz, tirar todos os excessos, todas as ruguinhas e fazer tudo para ficar linda, jovem e aproveitar os anos que ainda lhe restavam. Logo após receber alta, ao atravessar a rua, veio um ônibus em alta velocidade e a atropelou; ela morreu na hora.

Ao encontrar-se de novo com Deus, ela perguntou, irritada:

– Puxa, o Senhor me disse que eu tinha mais 43 anos de vida... Por que morri logo depois de todas aquelas cirurgias plásticas?!

E Deus aproximou-se bem dela e, olhando-a diretamente nos olhos, respondeu:

– Menina! Nem te reconheci!

Uma mulher vai ao ginecologista pedir uma receita de anticoncepcional.

Alguns meses depois, a mulher estava de volta ao consultório. O doutor lhe perguntou se as pílulas estavam funcionando.

– Ah, perfeitamente, doutor, estou dormindo que é uma beleza...

– Ué? Mas essas pílulas são para controle de natalidade, e não tranquilizantes!

– Eu sei, é que na janta eu sempre ponho uma dessas pílulas no suco da minha filha. Depois, durmo tranquila como um bebê...

A única forma de saber se um homem está mentindo é ver se seus lábios estão se mexendo.

Uma mulher estava conversando com uma amiga:
– Fui eu que fiz do meu marido um milionário.
– E o que seu marido era antes? – pergunta a amiga.
A mulher responde:
– Bilionário.

Um homem entra numa biblioteca e pergunta à atendente:
– A senhora pode me ajudar a encontrar um livro?
– Me informe o título, por favor.
– *Homens: o sexo forte.*
– Hum, me desculpe, mas o setor de ficção científica é no piso de baixo.

Em um supermercado, duas mulheres trombam seus carrinhos:
– Desculpe, eu estava distraída. Estou procurando o meu marido, não sei onde ele se meteu...
– Que coincidência. Também estou procurando o meu marido!
– Mesmo? E como ele é?
– Bom, ele é moreno, 1,88 m de altura, olhos verdes, bronzeado, coxas grossas, ombros largos e uma bundinha linda! Está usando uma calça jeans surrada e uma camiseta que realça o peito e os braços sarados. E o seu?
– O meu que se dane! Vamos procurar o seu!

Como saber se um homem está excitado sexualmente? Basta verificar se ele respira.

Na cama, o marido se vira para a jovem esposa e pergunta:
– Querida, me diga que sou o primeiro homem da sua vida.
Ela olha para o infeliz e responde:
– Pode ser... Sua cara não me é estranha.

Ao ver o amigo casado há tanto tempo, o sujeito, indignado, lhe pergunta qual é o segredo.
– Ora, meu caro, é muito simples! Nos primeiros quinze dias do mês, deixo minha mulher fazer o que ela quiser.
– E nos outros quinze?
– Aí, eu faço o que ela quiser!

Um homem e uma mulher bonita estavam jantando à luz de velas num restaurante de luxo.
De repente o garçom notou que o homem escorregava lentamente para debaixo da mesa.
A mulher parecia não reparar que o companheiro tinha desaparecido.
– Perdão, senhora – disse o garçom –, mas acho que seu marido está debaixo da mesa.
– Não está, não – disse a mulher, olhando calmamente para o garçom –, meu marido acabou de entrar no restaurante.

O marido, com o aniversário chegando, joga uma indireta na mulher:
– Amor, meu aniversário está chegando e quero um presente bem legal. Vou te dar uma pista: vai de 0 a 100 em menos de 5 segundos. Pode ser de qualquer cor.
No dia do aniversário, o marido encontrou um pacote no quarto. Ao desembrulhá-lo, a surpresa: uma balança de banheiro novinha.

Duas mulheres se encontram na fila da padaria:
– Marta! Que bom te ver! Como você está? Eu soube que o seu marido fugiu com a empregada, é verdade?
– É, sim... Foi na semana passada.
– Mas que horror... Logo com a empregada! Como você está se sentindo?
– Ah! Estou me virando... Na verdade, não me incomodei muito, pois pretendia mandá-la embora mesmo.

As duas amigas se encontram:
– Oi, Teresa, como vai?
– Ih, minha querida, estou muito mal! Acabei de descobrir que tenho uma doença incurável.
– Meu Deus!
– E o pior: só tenho mais alguns dias de vida!
– Ah, coitada! Já sei, vou te ajudar!
– Como?
– Vou mandar meu marido passar esses dias com você.
– Por quê?
– Com ele, esses dias vão parecer uma eternidade!

Faça seu marido andar 5 quilômetros de manhã e outros 5 quilômetros à tarde. No fim de uma semana, ele já estará a uns 70 quilômetros de distância.

Era uma vez um homem que tinha passado toda a vida trabalhando e poupou todo o dinheiro que havia ganhado. Ele era muito pão-duro. Um dia ele disse à sua mulher:
– Quando eu morrer, quero que pegue todo o meu dinheiro e o coloque no caixão junto comigo. Quero levá-lo para a próxima encarnação.
Dito isso, fez com que a mulher jurasse que ia cumprir aquilo.
Anos depois, o homem morreu. Foi colocado dentro do caixão, enquanto a mulher se mantinha sentada ao seu lado, toda de preto, acompanhada pelos amigos mais chegados.
Quando a cerimônia acabou, antes de o padre se preparar para fechar o caixão, a mulher disse:
– Só um minuto!
Tinha uma caixa de sapatos com ela. Aproximou-se e colocou-a dentro do caixão, junto com o corpo.
Um amigo lhe disse:
– Espero que você não tenha sido doida o suficiente para meter todo aquele dinheiro no caixão!
Ela respondeu:
– Claro que sim. Eu prometi que colocaria aquele dinheiro junto dele e foi exatamente o que fiz.
– Está me dizendo que colocou todos os centavos que ele tinha dentro do caixão?
– Sim! – respondeu a mulher. – Juntei todo o dinheiro, depositei-o na minha conta e passei-lhe um cheque.

O marido chega em casa e encontra um homem debaixo da cama. Furioso, pergunta à mulher:
– O que esse homem está fazendo debaixo da cama?
A esposa, com os olhos brilhantes e um sorriso malandro, responde:
– Debaixo não sei, mas em cima ele faz maravilhas!

Um marido muito ciumento levou a mulher ao ginecologista. Lá, ficou angustiado porque o doutor não o deixou entrar para acompanhar os exames.
No carro, voltando para casa, encheu a mulher de perguntas:
– Ele examinou seus seios?
– Ahã. Apalpou e disse que estão firmes, que não há nódulos.
– E de suas coxas, o que ele disse?
– Disse que estão bem, sem celulite, sem varizes e sem estrias.
– E sua "borboletinha"? Ele examinou? O que disse?
– Disse que está tudo bem, sem corrimento, que o colo do útero está ok.
– E o bundão? O que ele disse do bundão?
– Olha, na verdade ele só falou de mim. Sobre você ele não disse nada...

– Mamãe, mamãe... É verdade que descendemos dos macacos?
– Não sei, filho. Seu pai nunca quis me apresentar à família dele.

Ninfomaníaca: termo com o qual um homem define uma mulher que deseja fazer sexo com mais frequência que ele.

O velho acaba de morrer. O padre encomenda o corpo e se rasga em elogios:

– O finado era um ótimo marido, um excelente cristão, um pai exemplar!!

A viúva se vira para um dos filhos e lhe diz ao ouvido:

– Vá até o caixão e veja se é mesmo o seu pai que está lá dentro.

Andando pela rua, uma mulher escutou uma voz gritando:

– Pare! Se você der mais um passo, vai morrer!

A mulher parou e, segundos depois, um pedaço de concreto caiu bem na sua frente.

Minutos depois, ia atravessar uma rua quando a mesma voz gritou:

– Pare! Não atravesse a rua agora!

Logo um caminhão desgovernado dobrou a esquina e passou a toda a velocidade.

Abalada, a mulher perguntou, em voz alta:

– Quem é você, afinal?

– Sou seu anjo da guarda – respondeu a voz. – Suponho que você queira me fazer algumas perguntas...

– Se quero! – disse a mulher. – Onde você estava no dia do meu casamento?

– Sabe, querido, quando você fala me faz lembrar o mar...
– Puxa, amor. Não sabia que te impressionava tanto.
– Não é que me impressione, é que enjoa.

Segredos para um casamento perfeito:
1. É importante encontrar um homem carinhoso, másculo e que satisfaça seus desejos mais extravagantes.
2. É importante encontrar um homem que tenha muito dinheiro e lhe dê um cartão de crédito sem limites.
3. É importante encontrar um homem que faça sexo maravilhosamente.
4. É muito importante que esses três homens nunca se encontrem...

O casal vê na TV a notícia da catástrofe: um asteroide ia se chocar com a Terra; faltavam dez minutos para o fim do mundo. A mulher fala para o marido:
– Como vai acabar o mundo daqui a dez minutos, o que você quer fazer?
– Que tal fazer amor? – diz ele.
Ela responde:
– E o que fazemos nos nove minutos restantes?

Quer ver um homem fazer abdominais?
Coloque o controle remoto nos pés dele.

O casal está passeando pela praia e ela pede ao marido que lhe compre um biquíni. Ele responde:

– Com esse corpo de máquina de lavar? Nem pensar!

Continuam caminhando, e ela insiste:

– Bom, então compra um vestido pra mim?

Ele responde:

– Com esse corpo de máquina de lavar? Nem pensar!!

Passa o dia. À noite, já na cama, o marido vira para a esposa:

– E aí, velha, vamos botar a máquina de lavar para funcionar?

E a mulher responde:

– Pra lavar esse pedacinho de pano? Melhor lavar na mão!

O cara pergunta para a mulher:

– Querida, quando eu morrer, você vai chorar muito?

– Claro, querido. Você sabe que eu choro por qualquer besteira...

– Mamãe, se Deus nos dá o que comer, a cegonha traz os bebês e Papai Noel nos dá os presentes no Natal... Posso saber para que serve o papai?

– Mamãe, por que estamos empurrando o carro até o precipício?

– Fique quieto, senão vai acordar seu pai.

Se as mulheres dirigem mal, é porque todos os instrutores de autoescola são homens.

Dez horas da manhã. Toca o telefone. A sorridente senhora atende e ouve do outro lado da linha:
– Mamãe?
– O que foi, minha filha?
– Mamãe, aconteceu algo terrível... Minha casa está uma bagunça, tenho que ir buscar as crianças na escola, fazer o almoço, preciso levar o Pedrinho na natação, estou com 38 graus de febre e o Otávio acabou de me ligar dizendo que vai trazer três amigos para o jantar. Mamãe, você precisa me ajudar, por favor!
– Fica calma, minha filha! Eu vou já para aí. No caminho, pego as crianças na escola, faço o almoço quando chegar, depois levo o Pedrinho na natação, dou uma ajeitada na casa e, em seguida, preparo uma lasanha para o jantar. Enquanto isso, você toma um comprimido e vai para a cama descansar.
– Ah, mamãe! Você é a melhor mãe do mundo, sabia? Te amo, mamãe!
– Obrigada, minha linda! Também te amo! Daqui a pouco estarei aí!
– Tá certo, e não se esquece de mandar um beijo para o papai!
– Papai? Mas, filha, o seu pai morreu quando você ainda era uma garotinha!
– Espera um pouco! O número aí não é 1234-2396?
– Não. Aqui é 1235-2396!
– Então, quer dizer que a senhora não vem?

Duas mulheres se encontram:
– Por que essa cara de enterro, menina? – pergunta a primeira.
– Ih, amiga! Briguei com o meu marido e ele jurou ficar sem conversar comigo durante um mês inteiro.
– Agora eu entendo por que você está tão triste!
– Entende nada. É que o prazo acaba hoje!

Um rapaz chega em casa muito excitado e diz à mãe que se apaixonou e vai se casar.
Ele diz:
– Mãe, vou trazer três mulheres aqui e você vai tentar adivinhar com qual eu vou me casar.
A mãe concorda. No dia seguinte, ele leva para casa três mulheres lindíssimas.
Elas sentam-se no sofá e conversam durante um tempo.
Mais tarde, ele pergunta à mãe:
– Então, mãe, adivinhou com qual delas eu vou me casar?
A mulher responde, imediatamente:
– Com aquela que estava com um vestido vermelho.
E ele:
– Incrível, mãe, você acertou! Mas como você sabia?
A mãe:
– Não gosto dela.

Pensamento feminista: se podem mandar um homem à Lua, por que não mandaram todos?

O homem se olha no espelho e diz para a esposa:
– Estou tão feio, gordo, acabado! Preciso de um elogio...
E a esposa responde:
– Sua visão está ótima!

– Meninas, somos amigas há muitos anos e está na hora de nos conhecermos a fundo. Eu, por exemplo, sou cleptomaníaca, mas não se preocupem. Não seria capaz de roubar nada de vocês.
Outra delas diz:
– Pois eu confesso que sou ninfomaníaca. Mas não temam: jamais estive com seus maridos, pois não gosto de nenhum deles.
A terceira se levanta e anuncia:
– Pois, olhem, confesso que sou lésbica. Mas não se preocupem, porque nenhuma de vocês me interessa sexualmente.
A quarta se levanta, pega suas coisas e, enquanto vai saindo depressa, diz:
– Vocês me desculpem, mas eu sou fofoqueira e preciso fazer alguns telefonemas urgentes.

O psicanalista diz à sua paciente:
– Na próxima sessão, dona Aurora, teremos de fazer uma análise do inconsciente.
A mulher, preocupada:
– Não sei, não, doutor! Será difícil convencer meu marido a vir comigo.

Um casal sai de férias para um hotel fazenda. O homem gosta de pescar e a mulher gosta de ler.
Certa manhã, o marido volta depois de horas pescando e resolve tirar uma soneca.
Apesar de não conhecer bem o local, a mullher decide pegar o barco para ler um livro em meio ao silêncio do lago. Ela rema um pouco, ancora e começa a ler.
Eis que surge um guarda do parque, para ao lado da mulher e fala:
– Bom dia, madame. O que está fazendo?
– Lendo um livro – responde, ela, pensando: "Será que não é óbvio?".
– A senhora está em uma área restrita em que a pesca é proibida – informa o guarda.
– Mas eu não estou pescando, estou lendo.
– Sim, mas está com todo o equipamento dentro do barco, de modo que a senhora pode começar a pescar a qualquer momento. Se não sair daí imediatamente, terei de multá-la.
– Se o senhor fizer isso, terei de acusá-lo de assédio sexual.
– Mas eu nem toquei a senhora! – diz ele.
– É verdade, mas o senhor tem todo o equipamento. Pelo que sei, pode começar a qualquer momento.
– Tenha um bom dia, madame – diz ele, e vai embora.

Uma mulher estava sendo julgada por homicídio, quando o promotor pergunta:
– Depois de envenenar seu marido, a senhora não teve um só instante de arrependimento?
– Sim, quando ele pediu outro prato de comida.

Os homens são como um "Q" maiúsculo: um grande zero e um pequeno penduricalho.

Quando o marido finalmente morreu, a esposa fez o anúncio no obituário do jornal, acrescentando que a causa tinha sido gonorreia. Logo que o jornal foi distribuído, um amigo da família telefonou e protestou veementemente:
– Você sabe muito bem que ele morreu de diarreia, e não de gonorreia!
A viúva respondeu:
– Eu cuidei dele noite e dia, portanto é lógico que eu sei que ele morreu de diarreia, mas achei melhor que se lembrassem dele como um garanhão em vez do grande merda que ele sempre foi.

Um casal de velhinhos estava num cruzeiro e o mar parecia agitado. Eles estavam sentados, olhando para a lua, quando uma onda veio e carregou o homem. Procuraram por ele durante dias, mas não conseguiram encontrá-lo.
O capitão deixou a mulher em terra firme com a promessa de que a avisaria assim que encontrasse alguma coisa.
Três semanas se passaram e finalmente ela recebeu um fax do navio:
"Senhora: lamento informar que encontramos o corpo de seu marido no fundo do mar. Nós o içamos para o deque e presa a ele havia uma ostra. Dentro da ostra havia uma pérola que deve valer 50.000 dólares. Por favor, diga-nos o que fazer."
A mulher respondeu:
"Mande-me a pérola e atire de novo a isca."

Um casal de 80 anos está começando a ter problemas de memória e vai ao médico para que os dois sejam examinados. O médico faz um *checkup* e diz aos velhinhos que não há nada de errado com eles, mas que seria bom ter um caderninho para anotar as coisas.

À noite, quando estão assistindo à TV, a velhinha levanta e o marido pergunta:

– Aonde você vai?

– À cozinha – responde ela.

– Você não quer me trazer uma bola de sorvete? – pede ele.

– Lógico! – responde a esposa, solícita.

– Você não acha que seria bom escrever isso no caderno? – pergunta ele.

– Ah, vamos! Qualé? – ironiza a velhinha. – Eu vou me lembrar disso!

Então, ele acrescenta:

– Coloque calda de morango por cima. Mas escreva para não ter perigo de esquecer.

– Eu me lembrarei disso. Você quer uma bola de sorvete com calda de morango.

– Ah! Aproveite e coloque um pouco de chantili em cima! – pede o velho. – Mas lembre-se do que o médico nos disse... Escreva isso no caderno!

Irritada, a velhinha exclama:

– Eu já disse que vou me lembrar!!

Em seguida, ela vai para a cozinha.

Depois de uns vinte minutos, volta com uma omelete.

O marido olha para o prato e diz:

– Eu não disse que você ia esquecer? Cadê a torrada?

As mulheres amam tanto as crianças
que até se casam com uma.

As mulheres só têm um problema: os homens.

Ao final de uma cerimônia funerária, os carregadores estavam levando o caixão para fora, quando, acidentalmente, bateram numa parede, deixando o caixão cair. Eles escutaram um fraco lamento. Abriram o caixão e descobriram que o homem ainda estava vivo! Ele viveu por mais dez anos e, então, morreu. Mais uma vez uma cerimônia foi realizada e, quando os carregadores se aproximaram da porta, a esposa do falecido gritou:
– Cuidado com a parede!

O sujeito lembra-se de que é aniversário de sua filha e que ainda não havia comprado o presente. Ele para seu carro diante de uma loja de brinquedos, entra e pergunta à vendedora:
– Quanto custa a Barbie que está na vitrine?
Educadamente, a vendedora responde:
– Qual Barbie? Nós temos: Barbie vai à academia por R$ 19,95; Barbie joga vôlei por R$ 19,95; Barbie vai às compras por R$ 19,95; Barbie vai à praia por R$ 19,95; Barbie vai dançar por R$ 19,95; e Barbie advogada divorciada por R$ 265,95.
O cara, assombrado, pergunta:
– Por que a Barbie advogada divorciada custa R$ 265,95, enquanto as outras custam apenas R$ 19,95?
A vendedora responde:
– Senhor, a Barbie advogada divorciada vem com o carro do Bob, a casa do Bob, a lancha do Bob, o *trailer* do Bob, os móveis do Bob e o celular do Bob.

O casal estava tendo uma briga feia no café da manhã. O marido bate a porta e sai para o trabalho gritando:
– E, além do mais, nem boa de cama você é!
Durante a manhã, ele se arrepende e liga para casa para se desculpar.
– Por que você demorou tanto para atender? – diz ele.
– Eu estava na cama – responde ela.
– Mas o que você está fazendo na cama a esta hora? – retruca ele.
– Obtendo uma segunda opinião.

Fascinado com as tarefas domésticas, o marido resolveu lavar sua própria camiseta. Chegou perto da máquina de lavar, olhou, olhou e gritou para sua esposa:
– Que programa de lavagem devo usar na máquina?
– Depende da roupa – ela respondeu. – O que está escrito na camiseta?
Ele gritou outra vez, muito feliz:
– "I love Floripa"!
Desabafo da mulher:
– E ainda falam das loiras...!

O infortúnio para as mulheres é que algumas vezes elas se excitam por quase nada e acabam se casando com esse nada.

Homem é igual a diploma universitário: você leva um tempão para conseguir e depois não sabe o que fazer com ele.

Terminado meu banho, lá estou eu na frente do espelho, comentando com meu marido que acho meus seios pequenos demais.

Em vez do esperado "imagina, não são não" ou de uma promessa de cirurgia para aplicação de silicone, ele me vem com uma sugestão insólita:

– Pode parecer estranho, mas já vi funcionar... Se quiser aumentar seus seios, pegue todos os dias um pedaço de papel higiênico e esfregue-o entre eles durante alguns segundos.

Aquilo parecia uma brincadeira sem graça ou uma simpatia sem qualquer fundamento científico – ainda mais para mim –, mas, disposta a tentar qualquer coisa, pego um pedaço de papel higiênico, fico na frente do espelho e começo a esfregá-lo entre meus seios para ver o resultado da estranha dica.

– Quanto tempo demora para funcionar? – pergunto.

– Claro que não é um negócio automático, bem! Eles vão aumentar de tamanho ao longo de alguns anos – responde meu marido.

Parei e, sentindo meio idiota, perguntei:

– Você realmente acha que esfregar um pedaço de papel higiênico entre meus seios todos os dias vai fazer aumentá-los em alguns anos?

Sem hesitar um segundo e às gargalhadas, ele diz:

– Funcionou com a sua bunda, não funcionou???

Notícias sobre o marido: está respirando com a ajuda de aparelhos e, talvez, com muita fisioterapia, até volte a andar novamente...

Num aeroporto, um casal se despede:
– Sempre fico preocupada com suas viagens de negócios, querido! – comenta a esposa.
– Bobagem, meu bem! Estarei de volta mais cedo do que você pensa!
– É justamente isso o que me preocupa! – diz ela.

Que mulher nunca comeu uma caixa de bombons por ansiedade, uma folha de alface por vaidade e um cafajeste por saudade?

O marido, ao chegar em casa no final da noite, diz à mulher, que já estava deitada:
– Querida, eu quero amá-la.
A mulher, que estava dormindo, com a voz embolada, responde:
– A mala... Ah, não sei onde está, não! Use a mochila que está no maleiro do quarto de visitas.
– Não é isso, querida, hoje vou amar-te.
– Por mim, você pode ir até Júpiter, até Saturno e até à puta que pariu, desde que me deixe dormir em paz!

Indiferença: atitude que uma mulher adota diante de um homem que não lhe interessa. Ele acha que ela está se fazendo de difícil.

Um homem é como um aparelho de DVD: avança. Recua. Avança. Recua. Stop. Eject.

– Amor... Amo-or!
– Hummm?!
– Acorda!
– Hummm?!
– Acoorda!
Desorientado e assustado, o sujeito se levanta e pergunta:
– O que aconteceu?!
– Estou com desejo...
– Desejo?
– É.... De comer carne de urubu...
– Urubu?! Mas onde vou achar um bicho desses, agora?
– Lá no lixão...
– Tá louca?! Não vou a lixão algum! Se quiser, pinte um frango de preto, mate e coma!
Puta da vida, ela fala:
– Você vai se arrepender disso se nosso filho nascer com carinha de urubu.
Nove meses se passam... Chega o dia do parto e, quando o cara vai ver seu filho querido, vê que ele é pretinho, pretinho.
O retardado, cheio de remorso, corre para a casa de sua mãe e diz:
– Mamãe, eu não quis dar carne de urubu para a minha esposa quando ela estava grávida e sentiu desejo. Agora meu filho nasceu preto como o bicho!
A mãe, bem-humorada, consola o filho, que está em prantos:
– Esquenta não, filho... Quando eu estava grávida de você, tive desejo de comer carne de touro, não consegui... E você nasceu chifrudo e nem percebeu!

Pesquisadoras descobriram por que Moisés ficou andando 40 anos no deserto com o povo de Israel: um homem nunca pergunta o caminho.

Uma mulher andava na beira de um rio quando viu um sapo preso em uns galhos, pedindo socorro. Quando ela chegou perto, ele disse:
– Salve-me que eu realizo três desejos seus, mas tudo que eu der a você, seu marido ganhará dez vezes mais.
Ela pensou um pouco, mas topou.
– Primeiro desejo: quero ser muito, mas muito rica.
– Ok, mas lembre-se de que seu marido será dez vezes mais rico.
– Não tem importância, tudo o que é meu é dele, e tudo o que é dele é meu.
E ela se tornou muito rica.
– Segundo desejo: quero ser muito, mas muito bonita.
– Ok, mas a mulherada vai cair em cima do seu marido porque ele vai ser dez vezes mais bonito que você.
– Não tem problema.
E ela se tornou rica e maravilhosa. O marido também.
Enfim, o terceiro desejo:
– Quero ter um enfartezinho... Só um susto...
O sapo ficou mudo...

A mulher que não tem sorte com os homens não sabe a sorte que tem.

Estavam todas as mulheres do mundo em uma reunião com São Pedro:
– Queremos fazer três reclamações e esperamos ser atendidas...
São Pedro pega um lápis e um papel:
– Podem falar!
– Primeiro, queremos menstruar a cada seis meses em vez de todo mês.
São Pedro anota o primeiro pedido.
– Segundo, nós queremos ficar grávidas só por três meses, porque nove é muita coisa!
São Pedro anota o segundo pedido e fala:
– E qual é o terceiro?
– Queremos que o pênis do homem seja mais bonito, porque é horrível!
São Pedro anota tudo e pede que retornem dentro de um mês para dar lhes as respostas de Deus.
Um mês depois todos voltam a se reunir e São Pedro começa o discurso:
– O pedido nº 1 foi aceito parcialmente – vocês vão menstruar a cada quatro meses, porque o pedido de seis meses é muito longo e isso alteraria o objetivo da Criação; o pedido nº 2 também foi aceito parcialmente – a gravidez será de seis meses, porque três é muito pouco e isso alteraria o objetivo da Criação; já o terceiro pedido foi negado totalmente por Deus.
As mulheres começaram a berrar e reclamar:
– Por quê, Senhor?
São Pedro responde:
– Porque se feio, peludo e desajeitado vocês chupam, lambem, beijam, alisam, sentam e pulam em cima feito umas loucas, se fosse bonito, vocês iriam comer! E isso, definitivamente, alteraria os objetivos da Criação...

Todo homem é capaz de fazer uma mulher feliz – ficando solteiro.

Um rapaz de 16 anos chega em casa com um Porsche e os pais gritam:
– Onde você conseguiu isso?
Ele, calmamente, responde:
– Acabei de comprar.
– Com que dinheiro? – eles perguntam. – Sabemos quanto custa um Porsche!
– Bem, este custou 15 reais.
E os pais esbravejaram ainda mais:
– Quem venderia um carro desses por um valor tão baixo?
– A senhora que mora no final rua. Não sei o nome dela, mas mudou para cá faz pouco tempo. Ela me viu passando de bicicleta e perguntou se queria comprar o Porsche por 15 reais.
– Santo Deus! – gemeu a mãe. – Ela deve abusar de crianças... Quem sabe o que fará depois? João, vá lá imediatamente, para ver o que está acontecendo.
O pai foi até a casa da senhora, que estava, calmamente, plantando petúnias no jardim.
Ele se apresentou como pai do rapaz a quem ela vendera o Porsche e perguntou por que ela havia feito aquilo.
– Bem – disse ela –, pensei que meu marido estivesse viajando a serviço, mas descobri que ele fugiu para o Havaí com a secretária e não pretende voltar... Esta manhã ele me ligou e pediu que vendesse o Porsche e lhe enviasse o dinheiro... Então, eu vendi.

Homem é como chiclete: você masca, tira o gosto, joga no chão, pisa e ele ainda gruda no pé.

Uma pesquisa realizada nos Estados Unidos mostrou que os homens usam, em média, 1.500 palavras por dia, enquanto as mulheres usam, no mínimo, 3.000.

No congresso em que esse estudo foi apresentado, uma mulher levantou-se e disse:

– É lógico que as mulheres falem o dobro que os homens – explicou. – Nós temos de repetir tudo o que dizemos para os homens entenderem.

E o apresentador perguntou:

– Como assim?

Um homem e sua esposa estavam sentados na sala de estar e ele disse a ela:

– Apenas pra você saber, jamais quero viver em estado vegetativo, dependente de alguma máquina e do fluido de algum frasco. Se um dia isso acontecer, puxe o fio da tomada!

A esposa se levantou, desplugou a TV e jogou fora toda a cerveja.

Era uma vez um casal que celebrava bodas de prata e o marido estava, também, completando 60 anos de idade.
Durante a celebração apareceu uma fada e lhes disse que, como prêmio por terem sido um casal exemplar durante 25 anos, concederia um desejo a cada um.
A mulher pediu para fazer uma viagem ao redor do mundo.
A fada moveu sua varinha e zás! As passagens apareceram nas mãos da senhora.
Em seguida, foi a vez do marido. Ele pensou por um momento e disse:
– Bem, gostaria de ter uma mulher trinta anos mais nova do que eu.
A fada fez um círculo com sua varinha e zás! O marido ficou com 90 anos...
Moral da história: todos os homens são filhos da puta, mas todas as fadas são mulheres.

Quanto mais eu conheço os homens,
mais eu admiro meu cachorro!

Como fazer uma mulher feliz?

No mais alto pico do Tibete, vive o mais sábio homem do mundo. Certa vez um rapaz foi à sua procura e perguntou-lhe:

– Mestre dos mestres! Qual o caminho mais curto e seguro para o coração de uma mulher?

O mestre respondeu-lhe:

– Não há caminho seguro para o coração de uma mulher, filho. Só trilhas à beira de penhascos e caminhos sem mapas, cheios de pedras e serpentes venenosas.

– Mas, então, mestre... O que devo fazer para conquistar o coração da minha amada?

Então, o grande guru lhe disse:

– Fazer uma mulher feliz é fácil, mas é necessário ser:

Amigo.

Companheiro.

Amante.

Irmão.

Pai.

Chefe.

Educador.

Cozinheiro.

Mecânico.

Encanador.

Decorador de interiores.

Estilista.

Eletricista.

Sexólogo.

Ginecologista.

Psicólogo.

Psiquiatra.

Terapeuta.

Audaz.
Simpático.
Esportista.
Carinhoso.
Atento.
Cavalheiro.
Inteligente.
Imaginativo.
Criativo.
Doce.
Forte.
Compreensivo.
Tolerante.
Prudente.
Ambicioso.
Capaz.
Valente.
Decidido.
Confiável.
Respeitador.
Apaixonado.
E, de preferência, rico!

Além disso:
Não cuspa no chão.
Não coce o saco na frente dela.
Não arrote alto. Aliás, não arrote.
Dê flores e muitos, muitos presentes.
Corte e limpe as unhas. Não as coma.
Não peide sob o cobertor. Aliás, não peide.
Levante a tampa do vaso antes de mijar.
Deixe-a ter ciúme de você, ela pode.
Use desodorante (que preste).

Dê descarga depois de utilizar a privada.
Não fale palavrão.
Não seja engraçadinho com os outros.
Não fale mal da mãe dela. Aliás, ame a mãe dela.
Não tenha ciúme dela.
Não fique barrigudo. Aliás, não engorde.
Não demore no banho.
Não chegue tarde em casa.
Saia para trabalhar e volte correndo.
Não beba até tarde com amigos. Aliás, não tenha amigos.
Não seja pão-duro. Use pelo menos dois cartões de crédito.
Não diga que mulher não sabe dirigir.
Não olhe para outras mulheres... Aliás, não existem outras mulheres.
Aprenda a cozinhar.
Diga "eu te amo" pelo menos cinco vezes por dia.
Lave a louça.
Ligue para ela, de qualquer lugar.
Deixe-a conversar durante horas ao telefone.
Não ronque.
Não seja fanático por futebol.
Faça a barba todos os dias para não arranhá-la.
Nunca reclame de nada.
Repare quando ela cortar o cabelo, mesmo que sejam apenas as pontinhas, e sempre diga que ficou lindo.

E é muito importante, ainda, não se esquecer das seguintes datas: aniversário dela, de noivado e de casamento; formatura, menstruação, data do primeiro beijo, aniversário da mãe, da tia, do irmão ou irmã, dos avós, da melhor amiga... E do gato. Infelizmente, o cumprimento de todas essas instruções não garante 100% de felicidade, pois ela poderia sentir-se presa a

uma vida de sufocante perfeição e fugir com o primeiro traste "gozador da vida" que encontrasse por aí.
E o mais importante, meu rapaz... Espere... Volte aqui... Não... Não pule... Não se mateee!!!

Perguntas e respostas

Por que o cachorro nunca morde o seu dono quando é homem?
Ética profissional.

Qual a diferença entre um homem e o ET?
O ET telefona para casa.

Quando um homem mostra que está pensando no futuro?
Quando ele compra duas caixas de cerveja em vez de uma.

Para o homem, qual é o conceito de ajudar na limpeza da casa?
Levantar as pernas para o aspirador de pó passar.

Como é que os homens fazem exercício na praia?
Encolhendo a barriga e estufando o peito toda vez que passa um biquíni.

Por que são necessários milhões de espermatozoides para fecundar um óvulo?
Porque eles nunca param para pedir informação.

Por que Deus criou o homem antes da mulher?
Primeiro o rascunho, depois a obra-prima.

Qual a diferença entre a cabeça de um prego e a cabeça de um homem?
A cabeça de um prego pode servir para alguma coisa.

Por que existe o machismo?
Porque de ilusões também se vive.

Por que as mulheres trabalham menos que os homens?
Porque elas fazem certo na primeira vez.

Quantos homens são necessários para fazer pipoca?
Cinco. Um para segurar a panela e mais quatro para darem uma de machos e sacudirem o fogão.

Por que os homens têm a consciência limpa?
Porque nunca a usaram.

Por que Deus inventou o homem?
Porque vibrador não paga a fatura do cartão de crédito.

Por que as pilhas são melhores que os homens?
Porque elas têm pelo menos um lado positivo.

Como uma mulher se livra de 70 quilos de gordura inútil?
Pedindo o divórcio.

Como se chama uma mulher que sabe onde seu marido está todas as noites?
Viúva.

Por que as mulheres casadas são mais gordas que as solteiras?
A solteira chega em casa, vê o que tem na geladeira e vai para a cama. A casada chega em casa, vê o que tem na cama e vai para a geladeira.

Qual a semelhança entre os homens e os computadores?
Sempre há uma amiga que tem um melhor; se travam, não há quem os faça mudar de ideia; tanto num homem como num computador é preciso investir muito dinheiro para que melhorem; pouco tempo depois de se ter um já se quer outro melhor; nenhum dos dois é capaz de pensar por conta própria; os mais caros são os melhores; em certas ocasiões, podem deixar de funcionar; ambos têm memória, mas nenhum tem inteligência.

Qual a semelhança entre o homem e o chiclete?
Quanto mais você pisa, mais ele pega no pé.

O que faz os homens parecerem tão bonitos?
A escuridão.

O que é um cisto no pênis de um homem?
Um tumor cerebral.

Qual a semelhança entre um bife à milanesa de soja e um vibrador?
Os dois substituem a carne.

Por que o casamento tira o prazer do sexo para as mulheres?
Porque quando elas estão prestes a transar, chega o marido e estraga tudo.

Qual o menor livro do mundo?
Tudo o que os homens sabem sobre as mulheres.

Qual a parte menos sensível do pênis?
Seu "dono".

Como se chama um homem inteligente, sensível e bonito?
Lenda.

Por que não existe um homem inteligente, sensível e bonito ao mesmo tempo?
Porque seria mulher.

Por que é tão difícil achar homens bonitos, sensíveis e carinhosos?
Porque normalmente eles já têm namorados.

O que deve fazer uma mulher quando seu marido corre em zigue-zague pelo jardim?
Continuar a atirar.

Como um homem chama o amor verdadeiro?
Ereção.

O que se diz de um homem que quer sexo no segundo encontro?
É particularmente lento.

Quando um homem pensa em acender velas para o jantar?
No apagão.

O que há por trás de um homem inteligente?
Uma boa ventríloqua.

Quando o homem perde 90% de sua inteligência?
Quando fica viúvo.

E os outros 10%?
Quando morre o cachorro.

Qual a diferença entre um sapo e um príncipe?
Os cinco drinques que a princesa tomou.

Qual a diferença entre um caminhão cheio de porcos e outro cheio de homens?
A placa.

Qual a diferença entre o namorado e o marido?
45 minutos.

Você sabe o que é um marido DVD?
É aquele que se Deita, Vira e Dorme.

E um marido DVD-R?
É aquele que se Deita, Vira, Dorme e Ronca.

E um marido CD?
É o marido que só Come e Dorme.
Não há como os antigos VHS: Várias Horas de Sexo.

Por que homem é igual a ônibus?
Porque ele nunca aparece quando a gente precisa.

Quais os três maiores sonhos de um homem?
Ter tantas mulheres quanto fala que tem, ser tão rico quanto seus filhos pensam que ele é e ser tão bom de cama quanto ele acha que é!

Qual a semelhança entre um homem e um espermatozoide?
Ambos têm uma chance em um milhão de se tornarem seres humanos.

Qual a diferença entre um homem e uma manga verde?
A manga amadurece.

Quantos homens são necessários para trocar um rolo de papel higiênico?
Não se sabe, pois isso nunca aconteceu.

O que existe em comum entre os homens que frequentam bares para solteiros?
Todos são casados.

O que disse Deus depois de criar o homem?
"Tenho que ser capaz de fazer coisa melhor!"

Por que as viúvas-negras e as fêmeas do louva-a-deus matam os machos depois do acasalamento?
Para impedir a sessão de roncos que vem em seguida.

Por que as piadas de loiras são tão curtas?
Para que os homens as compreendam.

Qual é a ideia que os homens fazem das preliminares?
Meia hora de paquera.

O que os homens e as garrafas de cerveja têm em comum?
Os dois são vazios do pescoço para cima.

Por que os homens têm sempre um olhar estúpido?
Porque eles SÃO estúpidos.

O que os homens têm em comum com o carpete?
Se eles forem bem colocados, você poderá pisar neles por toda a vida.

Qual é uma boa definição para o homem?
Um vibrador com uma carteira.

Como se sabe que os homens têm 50 gramas a mais de cérebro do que um cachorro?
Porque eles sabem se comportar em festas e não tentam se esfregar nas pernas das mulheres.

Por que a psicanálise é mais rápida para homens do que para as mulheres?
Porque quando dizem para eles voltarem à infância, eles já estão lá.

Qual a diferença entre um bar e um clitóris?
O homem não tem dificuldade de achar o bar.

Para o homem, qual a definição de uma noite romântica?
Sexo.

Como é que se sabe que um homem teve um orgasmo?
Quando ele se vira para o lado e ronca.

Qual a semelhança entre um homem fiel e um óvni?
Todos falam deles, mas ninguém os viu.

Por que os homens usam gravata?
Porque é o melhor substituto da coleira.

Qual a semelhança entre uma bicha e um cão?
Ambos gostam de brincar com o rabo.

Qual é a diferença entre o homem e uma goteira?
Nenhuma. Ambos dão nos nervos.

Por que é que há cada vez menos mulheres casando?
Porque elas preferem ter bacon na frigideira a porco na sala.

Como fazer um homem feliz?
São necessários:
1. Sexo.
2. Comida.
3. Cerveja.
4. Futebol.

A sutil diferença entre amigos e amigas

Duas mulheres se encontram na rua, uma delas saindo do cabeleireiro.

Mulher 1: Olá, querida!!!! Você cortou o cabelo??
Mulher 2: Cortei, amor!! Você nem imagina com quem. Com o Edson, aquele mago da tesoura.
Mulher 1: Maravilhoooso! Você ficou dez anos mais moça. Essas mechas, que bárbaro! Vou mandar fazer igualzinho. São luzes?
Mulher 2: Não, menina, é uma técnica nova de clareamento que ele trouxe da Itália. Imagina que... blá... blá... blá...
Mulher 1: Então tá bom, querida. Corre pra casa que seu namorado vai morrer de orgulho da mulher que tem.
Mulher 2: Ai, amiga, te adoro!! Beijinhos!!
A Mulher 1 sai pensando:
– Como essa perua ficou ridícula!! Será que ela não se enxerga? Não sei como aquele gato do namorado dela continua com ela. Se der mole, eu o agarro.
A Mulher 2 sai pensando:
– Essa galinha deve estar morrendo de inveja do meu visual. Ainda quer fazer igual! Vê se pode!!! Com aquele cabelo que parece arame. Nem com implante!

Dois homens se encontram na rua, um deles saindo do barbeiro:

Homem 1: Opa!! E aí, seu filho da puta? Tava cortando o cabelo, né?
Homem 2: Não, cuzão, tirei pra lavar!!!

Homem 1: Que merda de corte, hein? Tu tá parecendo um viadinho. O barbeiro entendeu "pra bicha" em vez de "capricha", hahaha!
Homem 2: É... mas tua mãe gostou...
Homem 1: Falou, então!... Ah, manda um beijo para aquela gostosa da tua irmã, viu?!
Homem 2: Vai se foder, seu corno!! Até mais!!
O Homem 1 sai pensando:
– Esse cara... Gente finíssima!
O Homem 2 sai pensando:
– Adoro esse cara.... Muito gente boa...

Deve ser por isso que não colocam homem para dar orientações sentimentais em revistas femininas!

O caso:

Caro Roberto, sou casada há 10 anos, tenho um casal de filhos, estou muito confusa e espero que você possa me ajudar. Peguei meu carro e saí para trabalhar, deixando meu marido em casa vendo televisão, como sempre.
Rodei pouco mais de um quilômetro quando o motor morreu e o carro parou. Voltei para casa para pedir ajuda ao meu marido. Quando cheguei, nem pude acreditar: ele estava no quarto com a filha da vizinha! Tenho 32 anos, meu marido, 34, e a garota, 24. Eles confessaram que têm um caso há mais de seis meses. Eu o amo muito, sinto-me um lixo e estou desesperada. Você pode me ajudar? Antecipadamente grata e ansiosa por sua atenciosa resposta.
Patrícia Vasconcellos – Varginha (MG)

A resposta:

Cara Patrícia, vários fatores podem ter motivado a falha no seu carro: falta de combustível, entupimento do filtro de gasolina ou dos bicos da injeção eletrônica, uso de combustível adulterado, descarga da bateria, pane no sistema antifurto etc.
Sugiro que você procure uma oficina mecânica de sua confiança para verificar o que aconteceu com seu carro. Espero ter ajudado.
Roberto Assis

Como enfurecer um homem

Esconda o controle remoto da TV e do aparelho de som.

Bata a porta do carro com toda a sua força.

Jogue fora a chuteira ou o tênis de futebol que ele deixa na área de serviço e diga que foi a faxineira.

Ponha sempre todas as cervejas no congelador e deixe-as lá até congelarem.

Use o espelho retrovisor interno do carro para passar batom e deixe-o completamente desregulado.

Durante as preliminares, bata com o joelho no saco dele.

Não se mexa durante o sexo.

Sempre congele a bebida dele.

Quando ele estiver mais alegre que de costume, pergunte: "Você bebeu?".

Convença-o de que sabe cortar cabelo e corte o dele.

Se ele demorar a colocar a camisinha, diga: "Não fique nervoso; se não der, a gente termina amanhã".

Sempre bata fotos no momento em que ele estiver fazendo uma careta.

Quando ele se queixar de que saiu com cara de panaca na foto, diga: "Mas você é assim mesmo".

Ligue para o trabalho dele e diga que precisa escrever um e-mail, mas tem uma coisa esquisita piscando na tela do computador.

Ao ver, na televisão, a notícia da mulher que cortou o pênis do marido, murmure: “Coitada”.

Dê duas camisas de presente para ele e, quando ele usar uma, pergunte por que ele não gostou da outra.

Quando ele brochar e disser que isso nunca aconteceu antes, exclame: “Claro. Tinha que ser logo comigo”.

Quando ele perguntar se foi gostoso, diga: “Não se preocupe comigo... eu estou bem, juro”.

Trate-o com objetividade científica e diga: “Já tive três maridos e, em termos de aproveitamento, você é o do meio”.

Quando ele não conseguir consertar qualquer coisa, exclame: “Precisamos chamar um HOMEM para consertar isso”.

Curso para homens

Curso completo de integração social cujo objetivo é tentar fazer com que os homens ajam ao menos como seres civilizados.

Parte I – Introdução à TGH (Teoria Geral da Higiene)

Lavando louça para leigos.

Trocando cuecas – isso realmente funciona!

Como participar da limpeza da casa – aprendendo por meio de exemplos.

Você pode arrotar sem fazer barulho.

Química avançada – xampu e condicionador não são a mesma coisa.

Lixo – não discuta, apenas leve até a calçada.

Como abaixar o assento da privada – um guia completo.

Parte II – Conheça você mesmo seus limites

Compreendendo sua incompetência financeira.

Você – o sexo fraco.

O controle remoto – superando a dependência.

Fim de semana e futebol – não são sinônimos!

Sogras – elas também são gente.

Como acompanhar sua mulher nas compras e não se perder.

Parte III – A vida a dois

TPM – Aprenda quando calar a boca.

A arte de presentear – ela não quer calcinhas e sutiãs sensuais no Natal.

Entendendo a reação feminina à sua chegada em casa bêbado durante a madrugada.

Razões para mandar flores – o livro ilustrado.

Como se lembrar do aniversário dela – técnicas revolucionárias.

Como não dormir depois do sexo.

Telefonia avançada – aprenda a ligar para casa em qualquer situação.

Parte IV – Módulo avançado

Como urinar com a porta do banheiro fechada – o guia definitivo.

A cerveja e você – só é gordo quem quer.

Dizer "obrigado" e "por favor" – quebrando tabus.

Toalhas molhadas – saiba por que e como guardá-las.

O ronco – conhecendo o sofá.

Vinte e cinco razões para ser solteira

1. Você não vai mais precisar depilar as pernas no inverno.

2. Futebol? O que é isso?

3. SporTV? Ah, o canal dos rapazes de short e perna grossa. Sei, sim!

4. Você vai jantar com suas amigas, beber refrigerante e ninguém, absolutamente ninguém, vai arrotar.

5. Nenhuma delas irá palitar os dentes.

6. Você não tem sogra.

7. O telefone toca e você sabe que poderá levar um papo legal de 1 hora e 47 minutos com sua melhor amiga.

8. Você vai ao cinema ver filmes com o Brad Pitt. Nada de *Transformers* ou *Velozes e Furiosos*.

9. Você pode ir ao shopping todos os dias.

10. Agora você pode finalmente sair com todos os amigos gostosos do otário do seu ex-namorado que davam em cima de você pelas costas dele.

11. No Dia dos Namorados, com o dinheiro que seria gasto no presente dele, você compra aquela roupa divina.

12. No dia seguinte ao Dia dos Namorados você não vai precisar ir ao shopping trocar o presente cafona e barato que ele iria te dar.

13. Você não vai mais precisar ver a bunda cheia de celulite da Carla Perez.

14. Seu banheiro permanecerá limpo e com a tampa do vaso no lugar.

15 Suas toalhas de banho permanecerão secas e no lugar certo.

16. Você vai pecar menos, ou seja, não vai precisar mentir dizendo que gozou, que o bilau dele é grande, que careca é coisa charmosa etc.

17. Você pode engordar comendo chocolate.

18. Você não vai mais precisar rir de piadas grosseiras que sempre envolvem peidos.

19. O controle remoto é seu! Só seu! E você experimentará as maravilhas de ver, se você quiser, o início, o meio e o fim de um programa.

20. Você vai passar tardes maravilhosas ao telefone contando pra todo mundo sobre as vezes em que ele brochou.

21. Finalmente você poderá se referir à irmã dele utilizando o gentil “aquela vagabunda”.

22. Você não vai mais precisar fingir que acha a horrível Julia Roberts “uma linda mulher”.

23. Você vai pintar a unha de verde, marrom e azul sem ninguém dizer que é esquisito.

24. Você pode voltar a falar mal de todo mundo que conhece e nenhum olhar de censura cairá sobre você.

25. Você vai comprar um vibrador e descobrir que dá no mesmo que ter um namorado, mas com a vantagem de que um vibrador não arrota e realmente te faz gozar.

Frases para rejeitar homens

Vai pela sombra...

Penso em você como um irmão.

Você me lembra o inútil do João.

Existe uma pequena diferença de idade entre nós. Não quero fazer amor com o meu pai.

Você não me atrai “dessa” maneira.

Não deixaria que você tocasse nem no meu cachorro!

Prefiro ficar com o meu poodle e tomar uma taça de sorvete vendo *Vale a pena ver de novo* a estar com você.

Não saio com gente do trabalho.

Não sairia com você nem que fosse o único homem do universo, quanto mais do escritório!

A culpa é sua.

Quero me concentrar mais na minha carreira.

Um trabalho chato e frustrante como o meu é bem melhor do que sair com você.

Quero que você esteja por perto, assim poderei lhe explicar todos os detalhes dos homens com quem eu saio e faço amor.

Terei o maior prazer em fazer você perder seu tempo tentando conseguir algo comigo.

Eu mereço uma pessoa melhor.

E a última piada do livro...

Estamos vivendo uma época em que homem dando sopa é apenas um homem distribuindo comida aos pobres.

MATRIX